Les pancakes de Maman Panya

Nous aimerions dédier ce livre à :
Ben Rerucha et George Pinkham, à qui nous devons, depuis l'enfance, notre passion pour les histoires;
ainsi qu'aux Lisle Wild and Wacky Writers et au Monday SCBWI Group,
pour leur affection, leur soutien et leur encouragement — M. & R. C.

Pour mon père et Margaret,
et pour Lily, Annabel et George, avec amour — J. C.

Barefoot Books
2067 Massachusetts Ave
Cambridge, MA 02140

Droits d'auteur texte © 2005 de Mary et Rich Chamberlain
Droits d'auteur illustrations © 2005 de Julia Cairns

Les droits moraux de Mary et Rich Chamberlain et Julia Cairns ont été établis

Publié pour la première fois aux États-Unis d'Amérique par Barefoot Books, Inc en 2005
L'édition française en couverture souple a été publiée pour la première fois en 2016
Tous droits réservés

Conception graphique de Louise Millar, Londres
Traduction de Jennifer Couëlle
Séparation des couleurs de Grafiscan, Vérone
Achevé d'imprimer en Chine sur papier 100% exempt d'acide
Ce livre a été composé en Legacy
Les illustrations ont été réalisées à l'aquarelle

ISBN 978-1-78285-299-5

Données de catalogage avant publication de la Library of Congress
disponibles sur demande

1 3 5 7 9 8 6 4 2

Les pancakes de Maman Panya

Un conte du Kenya

écrit par Mary et Rich Chamberlin
illustré par Julia Cairns
traduit par Jennifer Couëlle

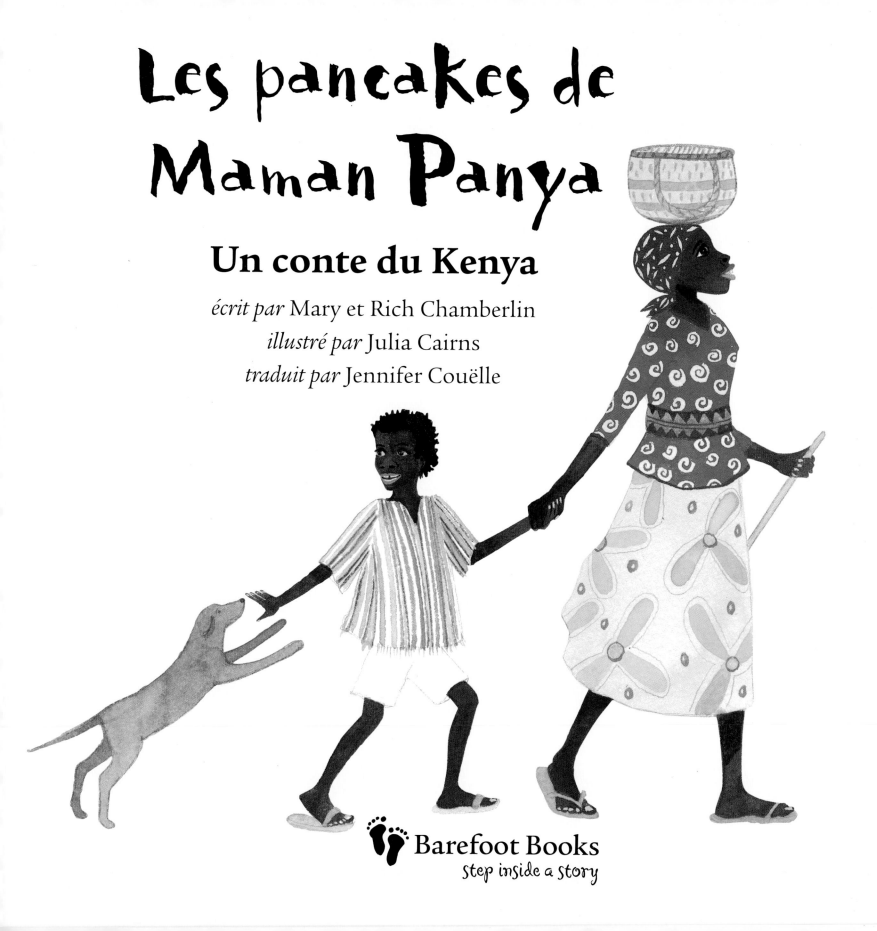

Barefoot Books
step inside a story

Maman Panya chante
tandis qu'elle éteint le
feu du petit-déjeuner en
le saupoudrant de sable
avec ses orteils de pieds.
— Dépêche-toi,
Adika ! appelle-t-elle,
enjouée. Aujourd'hui,
nous allons au marché !

— Surprise ! Je suis un pas devant toi, Maman. Je suis prêt !

Adika se tient devant la porte, vêtu de sa plus belle chemise et d'un short tout propre.

Cette fois, c'est à Maman Panya de se dépêcher.

Après avoir rangé sa marmite, attrapé son panier et mis ses sandales, Maman Panya appelle :

— Je suis prête aussi, Adika ! Où es-tu ?

— Je suis ici, Maman, deux pas devant toi.

Adika est assis sous un baobab, avec le bâton de marche de Maman Panya en main.

— Tu es bien là, mon garçon !

Maman prend le bâton que lui tend Adika et les conduit sur le chemin.

— Que vas-tu acheter au marché, Maman ?

— Oh, un petit peu et un petit peu plus.

— Vas-tu faire des pancakes aujourd'hui, Maman ?

— Comme tu es intelligent ! Tu devines tout !

— Youpi ! Combien de pancakes feras-tu ?

Maman soupèse les deux pièces dissimulées dans le repli de sa ceinture.

— Un petit peu et un petit peu plus, répond-elle.

Au prochain tournant, ils rencontrent Mzee Odolo, assis devant la rivière.

— Habari za asubuhi ? demande doucement Maman, pour ne pas faire fuir les poissons.

— Nous mangeons des pancakes ce soir, lance Adika. J'espère que vous viendrez !

— Adika . . . chuchote Maman à l'oreille de son fils.

Mzee Odolo les salue de la main en disant :

— Asante sana – j'y serai !

Maman hâte le pas.

— Il nous fallait inviter Mzee, Maman, explique Adika. C'est notre plus vieil ami.

— Dépêche-toi ! Tu as quelques pas à rattraper, réplique Maman.

— Regarde, Maman ! C'est Sawandi et Naiman !

Les amis d'Adika conduisent le bétail en tapotant l'arrière-train des bêtes avec de longs roseaux.

— Je vais les voir ! Je serai seulement quelques pas par là.

— Attends, Adika !

Maman n'est pas bien loin lorsque Adika la rattrape en courant.

— Ils sont ravis de venir ce soir, annonce Adika, hors d'haleine.

Maman Panya fronce les sourcils en pensant aux pièces cachées dans sa ceinture.

— Aïe ! Combien d'invités avons-nous maintenant ? demande Maman.

— Voyons voir. Sawandi, Naiman, toi et moi, et Mzee Odolo, ça fait seulement cinq, compte Adika.

— Aïe-Yi ! Combien de pancakes crois-tu que je puisse faire aujourd'hui, mon garçon ?

— Je suis un pas devant toi, Maman ! Tu en feras un petit peu et un petit peu plus. Il y en aura assez.

Le marché est animé. Il y a des acheteurs et des vendeurs de fruits, d'épices et de légumes.

Adika aperçoit sa camarade de classe Gamila à son étal de bananes plantains.

— Maman, Gamila adore les pancakes !

— Non, non, surtout ne . . .

Mais Adika court déjà à la rencontre de son amie.

Maman tente de le rattraper, arrivant juste à temps pour entendre :

— Tu viendras ce soir, n'est-ce pas ?

— Bien sûr, répond Gamila.

Maman fait les gros yeux à Adika, l'attrape par la main et l'entraine plus loin.

— Mais Maman, nous pourrons utiliser moins de farine.

— Aïe-Yi-Yi ! Avec combien moins de farine penses-tu que je puisse m'en sortir, mon garçon ?

Adika balaie l'air de la main.

— Oh, avec un petit peu et un petit peu plus.

À l'étal de farine, Maman dit :

— Adika, assieds-toi ici !

Après avoir salué Bibi et Bwana Zawenna, Maman demande :

— Que pouvez-vous m'offrir pour cette pièce ?

Elle tend la plus grosse des deux à Bibi Zawenna, qui verse une tasse de farine sur un carré de papier brun.

Puis voilà tout à coup Adika.

— Maman fait des pancakes ce soir ! Voulez-vous venir ?

— Oh, quelle délicieuse idée ! Je pense que nous pouvons vous en donner un peu plus pour cette pièce.

Bwana Zawenna verse une seconde tasse de farine sur le papier, puis le referme à l'aide d'une ficelle.

— À ce soir, sourit Bwana Zawenna.

Maman range le paquet dans son panier.

— Aïe-Yi-Yi-Yi ! Toi et moi serons heureux si nous arrivons à partager la moitié d'un pancake.

— Mais Maman, nous en aurons un petit peu et un petit peu plus.

— Viens, Adika. Marche avec moi.
Il nous en reste peut-être assez pour
un petit piment.

— Laisse-moi faire, Maman, je vais en
trouver un beau.

— Non, Adika ! s'écrie-t-elle.
Mais Adika court déjà vers l'étal
d'épices de Rafiki Kaya. Maman arrive
à temps pour entendre :

— Maman fait des pancakes ce soir,
veux-tu venir ?

— Avec grand plaisir ! s'exclame Kaya.
Elle attrape la pièce dans la main de
Maman et l'échange contre le plus dodu
des piments.

— Ça fait juste assez ! Merci de
m'avoir invitée.

Maman soupire.

Sur le chemin du retour, Maman demande :
— Combien de personnes avons-nous invitées pour les pancakes de ce soir ?

Adika, deux pas en avant, répond en chantant :
— Tous nos amis, Maman !

De retour à la maison, Maman met un peu de bois sur le feu.

Adika court chercher un seau d'eau.

Maman broie le piment dans un pot pendant qu'Adika y ajoute de l'eau.

Elle y incorpore ensuite la farine . . . toute la farine. Puis elle verse une cuillérée de pâte sur la poêle huilée qu'elle pose sur le feu.

Sawandi et Naiman arrivent les premiers en criant :

— Hodi !

— Karibu ! répond Adika pour les accueillir.

Ils portent deux gourdes en peau remplies de lait et un petit seau de beurre.

— Maman Panya, notre troupeau a été généreux. Voici des cadeaux !

Mzee Odolo arrive peu après.

— Dame rivière nous a donné trois poissons aujourd'hui.

Gamila arrive avec un régime de bananes plantains perché sur sa tête.

— Elles vont très bien avec les pancakes.

Bibi et Bwana Zawenna arrivent avec un sachet rempli de farine qu'ils tendent à Adika.
— Range-le pour une autre fois !
Quant à Rafiki Kaya, elle arrive avec des poignées de sel et de cardamome, ainsi qu'un piano à pouces.

Et commence le festin ! Tout le monde s'assoit sous le baobab pour déguster les pancakes de Maman Panya.

Après, Kaya joue du piano à pouces et Mzee Odolo chante . . . un peu faux.

Adika, le sourire aux lèvres et l'œil brillant, murmure :
— Je sais que tu referas bientôt des pancakes, Maman.
— Oui, Adika, sourit Maman. Tu es un pas devant moi !

La vie de village au Kenya

Le peuple

Le Kenya est habité par différents peuples. La plupart d'entre eux sont des Africains noirs. Mais il y a aussi des Asiatiques et des Européens. Plusieurs Kenyans, comme Adika et Maman Panya, habitent des zones rurales.

La vie de village

La plupart des villageois cultivent les terres et font l'élevage des animaux. D'autres peuvent travailler dans une plantation de thé ou de café. Lorsque leur travail est terminé pour la journée, les villageois se réunissent pour raconter des histoires et écoutent la musique du piano à pouces, ou *mbira*.

L'école

Les enfants comme Adika fréquentent l'école, mais ont souvent une longue marche à faire pour rejoindre leur salle de classe. Très peu de familles kenyanes possèdent une voiture, et il n'y a pas beaucoup de routes asphaltées au Kenya. Là où le gouvernement n'a pu ouvrir des écoles, plusieurs villages ont mis sur pied leurs propres classes.

Après l'école

Lorsqu'ils ne sont pas à l'école, les enfants plus âgés participent aux tâches et corvées, comme ramasser du petit bois pour le feu et prendre soin de leurs jeunes frères et sœurs. Ils disposent aussi de temps pour jouer — des jeux tels le bao, un jeu de société combinatoire, et le soccer sont courants. La course à pied est également populaire.

Sur le chemin du marché

Durant leur promenade pour se rendre au marché, Adika et Maman Panya aperçoivent plusieurs animaux, insectes, reptiles et plantes. En voici quelques exemples :

l'agame ou **le lézard arc-en-ciel** — *mjusi*
Les lézards arc-en-ciel mâles ont de jolies têtes rouges et des corps bleus. Ils aiment sautiller en faisant des pompes.

l'acacia — *muwati*
Appelé aussi l'arbre épineux. Des épines acérées entourent ses feuilles dont se nourrissent les girafes.

le baobab — *mbuyu*
Un grand arbre, souvent appelé l'arbre de vie, parce qu'il emmagasine beaucoup d'eau. Ses branches ressemblent à des racines exposées, mais il n'est pas à l'envers.

le papillon — *kipepeo*
Il existe plusieurs espèces de papillons au Kenya.
Tu pourrais y voir des machaons, par exemple, qui sont les plus grands papillons au monde, avec une envergure mesurant jusqu'à 23 centimètres.

la chèvre — *mbuzi*
La petite chèvre d'Afrique de l'Est se trouve partout au Kenya. Ces chèvres peuvent survivre sur des terres presque stériles tout en produisant beaucoup de lait.

le bétail maasaï — *mmasai ng'ombe*
Plusieurs tribus kenyanes mesurent leur richesse en fonction du nombre de têtes de bétail qu'elles possèdent. Le bétail maasaï est surtout utilisé pour son lait.

la mangouste — *nguchiro*
Ces créatures semblables à des belettes vivent au sein de grandes familles et se nourrissent de rongeurs, d'oiseaux et même de serpents. Bien qu'elles soient cousines de l'hyène, elles sont très gentilles et sont parfois gardées comme animal de compagnie.

le palmier — *mivumo*
Il existe plusieurs espèces de palmiers au Kenya. Les fruits, les feuilles et l'écorce de palmier sont utilisés dans la composition de quantité de produits, tels le savon, les matériaux de toiture et la corde.

le tilapia — *ngege*
Les tilapias vivent dans des conditions rudes, telle l'eau chaude, salée et alcaline du lac Nakuru.

Parler le kiswahili

Les Kenyans parlent plusieurs langues, dont les principales sont le *kiswahili* et l'anglais. Le mot *swahili* fait référence à un groupe de personnes, connu également comme les *waswahili*, qui vivent le long de la côte est de l'Afrique, de la Somalie au Mozambique. Swahili signifie littéralement « gens de la côte », et kiswahili signifie « parlant la langue des gens de la côte ». Le kiswahili est un mélange de bantou, une langue indigène d'Afrique, et d'arabe, une langue originaire du Moyen-Orient. Dans un village comme celui d'Adika, les habitants parlent souvent trois langues : une langue locale, le kiswahili et l'anglais. Les salutations sont de mise lorsqu'on rencontre quelqu'un; il serait considéré fort impoli de ne pas saluer une personne de la façon dont il convient. En tant que touriste, il se pourrait que tu entendes « Jambo », qui veut dire « Bonjour » !

Salutations et formes de politesse kiswahili

asante sana — merci

bibi — dame, madame, mademoiselle

bwana — monsieur

habari za asubuhi ? — Quoi de neuf,
ce matin?

hodi — salutation usuelle en approchant
de la maison d'un voisin

karibu — je vous en prie; je t'en prie

mama — maman; titre de respect pour une femme

mzee — titre de respect pour un homme

rafiki — ami(e)

À propos du Kenya

La France entière peut entrer dans le Kenya, avec encore un petit peu de place libre.

Pour traverser le Kenya à pied, du lac Victoria à l'océan Indien, il faudrait faire plus d'un million de pas.

La vallée du Grand Rift, l'une des formations géologiques les plus spectaculaires de la planète, traverse le Kenya. Il s'agit d'une grande faille géologique qui finira par couper l'Afrique de l'Est du reste du continent pour en former une ile.

Le mont Kenya est le deuxième plus haut sommet d'Afrique. Bien qu'il se situe sur l'équateur, il est couvert de neige.

Sur la frontière ouest du Kenya, le lac Victoria est le deuxième plus grand lac au monde.

Il fait partie du Nil Blanc. Le plus grand lac du Kenya est le lac Turkana, au nord.

Nairobi est la capitale et la plus grande ville du Kenya. Les éleveurs de bétail maasaï qui se servaient de cette terre l'appelaient *enkare nyarobe*, qui signifie « pays d'eau fraiche ».

La ville portuaire de Mombasa a été fondée par des commerçants arabes il y a plus de mille ans. Elle constitue un lien important entre le Kenya et le reste du monde.

Les réserves naturelles du Kenya ont des frontières protégées là où vivent certaines espèces d'animaux en voie de disparition. Le parc national Tsavo est la plus grande réserve du pays, et le parc Maasaï Mara est le plus populaire auprès des touristes.

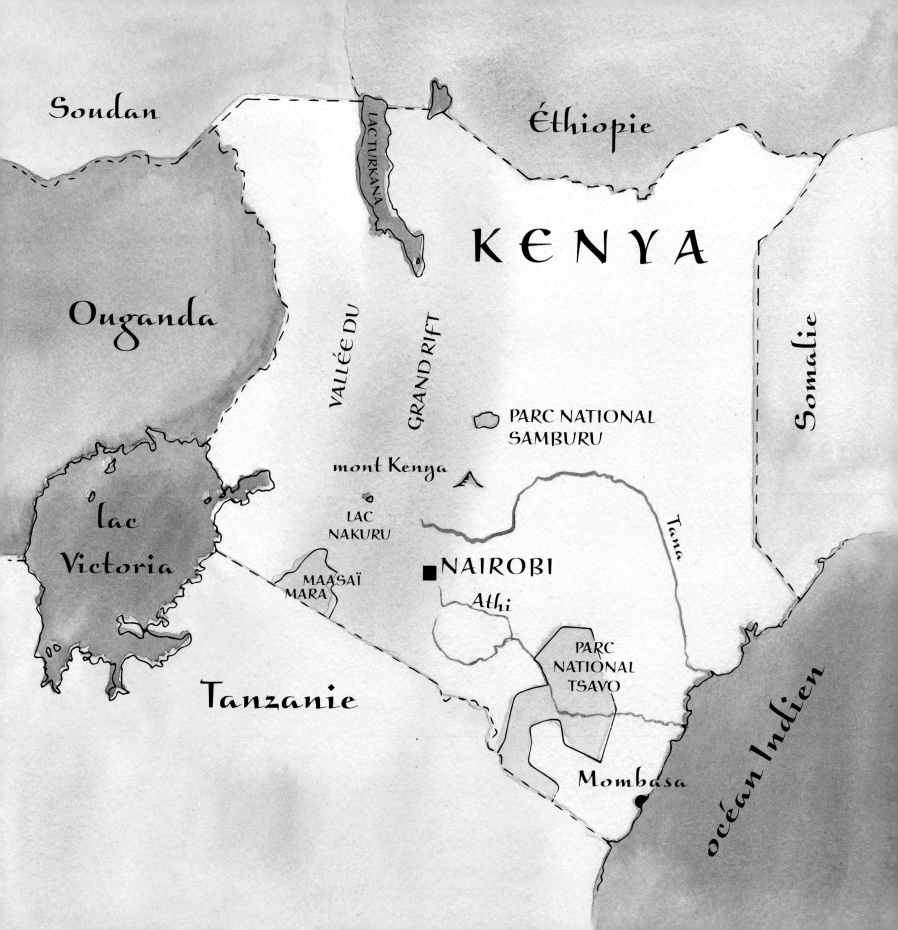

Les pancakes de Maman Panya

Les pancakes sont mangés partout au monde. Ils portent différents noms dans différents pays. En voici quelques exemples : bannocks, en Écosse; chapati, en Inde; crêpes, en France; bao bing, en Chine; blinis, en Russie; dadar gutung, en Indonésie; qata'if, en Égypte; arepas, au Chili; tortillas, au Mexique.

Les Kenyans aiment farcir de nourriture leurs minces pancakes semblables à des crêpes. Aimerais-tu goûter aux pancakes de Maman Panya ? Voici une recette que tu peux faire à la maison.

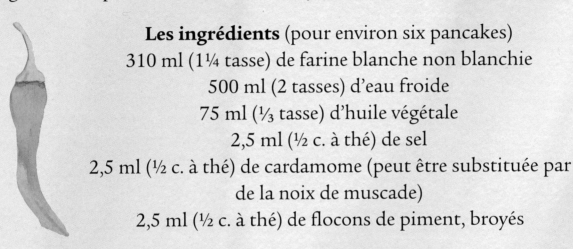

Les ingrédients (pour environ six pancakes)
310 ml (1¼ tasse) de farine blanche non blanchie
500 ml (2 tasses) d'eau froide
75 ml (⅓ tasse) d'huile végétale
2,5 ml (½ c. à thé) de sel
2,5 ml (½ c. à thé) de cardamome (peut être substituée par de la noix de muscade)
2,5 ml (½ c. à thé) de flocons de piment, broyés

La préparation

Dans un bol, mélange tous les ingrédients à la fourchette.

Fais chauffer une poêle anti-adhésive (l'ajout d'huile n'est pas nécessaire) à feu doux à moyen.

À l'aide d'une louche, verse 60 ml (¼ tasse) de pâte au centre de la poêle. Fais-la pencher jusqu'à ce que la pâte ait le diamètre d'un pamplemousse.

Fais cuire jusqu'à l'obtention de petites bulles dans le pancake, puis tourne-le doucement pour qu'il cuise de l'autre côté.

Quand le pancake commence à vouloir se lever à cause de la chaleur, il est prêt !

Le service

Tu peux garnir ton pancake de confiture pour une envie de sucré, ou de salade de thon pour une fringale salée. Toute garniture, ou presque, fera l'affaire. Tu n'as qu'à rouler et à déguster !